KB124275

——바람이
불어오는곳——
그곳으로
가네——

바람이
불어오는 곳
그곳으로
가네

보은報恩 남진南辰
지음

미래사

차례

사
랑

추억·향수

신앙

초록

〈바람이 불어오는 곳〉은 1994년 발표된 김광석의 네 번째 정규 앨범이다.

노래라기보다는 한 편의 아름다운 시이다.

새로운 꿈을 위해 그리고 사랑하는 이와의 더 큰 행복을 이루기 위해 바람이 불어오는 곳을 향하여 나아가는 용자勇者의 모습을 포크 선율에 맞추어 쓴 아름다운 시이다.

두려움 없이 미래의 꿈과 희망을 안고 전진하는 이 아름답고 멋진 가사는 나의 작은 소망과도 맞닿아 있다.

어릴 적부터 시를 좋아했던 것 같다. 윤동주님의 『하늘과 바람과 별과 시』에 수록된 「서시」, 「자화상」, 「별헤는 밤」은 학창 시절 나에게 커다란 울림이 되었다.

틈틈이 끄적여놓았던 보잘것없는 이 시를 통해 한 사람의 영혼이라도 새 힘과 새 소망을 품고 다시 용기 내어 일어설 수 있기를 기도하는 마음으로 바라본다.

바람이 불어오는 곳

김광석 작사 · 작곡(1994)

바람이 불어오는 곳 그곳으로 가네
그대의 머릿결 같은 나무 아래로
덜컹이는 기차에 기대어 너에게 편지를 쓴다
꿈에 보았던 그 길 그 길에 서 있네

설레임과 두려움으로 불안한 행복이지만
우리가 느끼며 바라볼 하늘과 사람들
힘겨운 날들도 있지만 새로운 꿈들을 위해
바람이 불어오는 곳 그곳으로 가네

햇살이 눈부신 곳 그곳으로 가네
바람에 내 몸 맡기고 그곳으로 가네
출렁이는 파도에 흔들려도 수평선을 바라보며
햇살이 웃고 있는 곳 그곳으로 가네

나뭇잎이 손짓하는 곳 그곳으로 가네
휘파람 불며 걷다가 너를 생각해
너의 목소리가 그리워도 뒤돌아볼 수는 없지
바람이 불어오는 곳 그곳으로 가네

報恩 詩集

사
랑

천년의 사랑

넝쿨이
고목이 되었다

너무 껴안아
생채기투성이지만

태풍이 몰아치고
번개가 내리쳐도

여전히 꼬옥
껴안고 있다

파고드는 넝쿨이
생명을 위협할지라도

더불어 사는 기쁨과
바꿀 수 없다

고목은 그렇게 아무 말 없이
천년을 살고

천년의 사랑을
하고 있다

기분 氣分

한 주의 일과를 마치고
나만의 작은 음악당으로
상경上京을 한다

오늘 우리 집 안사람은
샵(#)일까 플랫(♭)일까

하늘을 보며
날씨가 너무 좋다며
박장拍掌을 한다

누가 뭐랄 것도 없이
우리는 손을 맞잡고
안산案山을 올라가고 있다

분명 초입에선 아템포였는데
지금은 아다지오로 가고 있다

마음은 점점 샵(#)이 되고
몸은 점점 플랫(♭)이 된다

초록으로 물든 이 산은
지금 한참 업(Up)되어 있는 듯하다

오고 가는 나그네들에게
반갑다고 손짓을 한다

막내가 선물이라며
노랗게 그린 얼굴을 내민다

보자마자 제목을 붙여 주었다
'기분'~ㅎ

우리 집 작은 음악당은
이 예쁜 그림 하나로
금세 샵(#)이 되었다

제목 : '기분'

막내가 그린 자화상(20.6)

더하기 빼기 곱하기 나누기(+ − × ÷)

너와 나의
작은 힘을
더하고

너와 나의
이기심은
저 멀리 던져 버리고

서로를 위한
칭찬과 격려를
곱하여서

감춰두었던
깊은 곳

사랑을 꺼내어
나누어 준다면

세상은 어느새
작은 천국이 된다

더 이상의
미움과 다툼

그리고
슬픔도 없는

오직 평안과
기쁨이 샘솟는

그곳은 어느새
커다란

사랑이 된다

그대만 보이기에

하늘은 넓고
바다는 깊어도

산과 들에 충만한
푸르른 생명

능수버들 자태
아무리 뽐내어도

밤하늘 별빛이
끝없이 펼쳐져도

그대만 보이기에
그대만을 사랑합니다

그대 눈을
바라보노라면

그대 눈 속에는
하늘이

그대 눈 속에는
바다가

그대 눈 속에는
푸르름이

그대 눈 속에는
우주가

그대 눈 속에는
끝도 없는 별빛이
보입니다

그대 가슴속에
뛰어노는
한 마리 양이 되어

그대의 창틈 사이로
새어 나오는
따스한 온길 느끼며

그대 가슴속에
아로새겨진

지인한 그리움으로
남아 있기를

오늘도
그대 꿈속으로 날아들
한 마리 새가 되어

그대만 보이기에
그대만을 사랑합니다

흔적

옛날 호랑이는
가죽을

옛날 사람은
이름을 남겼다

요즘 호랑이는
족보를

요즘 사람은
발자취를 남긴다

때로는 알레그로
때로는 아다지오

그 발자취엔
삶의 여정이 묻어 있다

여정 사이사이
누군가와 동행한
흔적이 있다

사랑한 이와 마주한
쉼표가 있다

때론 쉼을 통해
안식을 누렸고

그 깊은 영혼에
사랑이 찾아왔다

아직도
사랑하는 이의
향기가 난다

세찬 바람 속
추억의 향기

일렁이는 가슴속
사랑의 향기

이렇듯 향기로운
삶의 여정에도

반드시
마침표가 있다

그러나
그 마침표는
피날레가 아니다

또 다른 사랑의
다카포이다

찬란히 빛날
내일의 다카포를 위해

오늘도 난
누군가에게 간직될

사랑의 흔적들을
남기고 있다

사랑과 행복 <small>부제 : 당신 곁에 있는</small>

행복을 좇아 뛰고 있나요

너무 빨리 뛴 나머지
행복을 지나쳐 버렸네요

사랑을 좇아 뛰고 있나요

너무 멀리 바라본 나머지
사랑을 놓쳐 버렸네요

지금 당신 곁에서
함께 울어주고 웃어주며

함께 걸어가고 있는
소중한 한 사람

그 사람이 바로
행복이요 사랑입니다

그 사람이 당신을 떠나갔을 때
그제야 그것이

행복이었고 사랑이었음을 깨닫고
후회의 눈물을 흘립니다

지금 바로 사랑하기를
지금 바로 행복하기를

붙잡을 수 없는
시간의 흐름 속에서

오직 단 한 사람
당신이 사랑했던 그 사람과

이 소중한 추억들을
쌓아갈 수 있기를

행복을 좇아 뛰고 있나요

지금 당신 곁에서
당신을 바라보고 있는
그 소중한 사람과

발걸음을 멈추고
행복을 나누어 보세요

사랑을 좇아 뛰고 있나요

지금 당신 곁에서
당신의 손을 붙잡고 있는
그 소중한 사람과

눈높이를 맞추고
사랑을 속삭여 보세요

지금 당신 곁에 있는 그 사람이 바로
당신의 행복이요 사랑입니다

연서戀書 부제 : 가을장마

한양 사는 이내 고운님
얼굴 한 번 보고 지고

소식 띄워 날려 보낸
이내 마음 구름 되어

쳐다 좀 보소 천둥소리
하염없이 눈물 뿌리고

지방 가신 이내 낭군
소식 한 번 듣고 지고

마음 띄워 날려 보낸
고운 마음 구름 되어

소식 주오 기다리는 마음
강물 되어 흐르니

떠가는 가을 구름은
사령使令 되어 나그네

주름 패인 농부는
소식 그만 전해 다오

사랑 열매 떨어질까
노심초사勞心焦思 기도하네

동반자同伴者
부제 : 주례사主禮辭

결혼은
나를 채워 줄 그 누군가
나의 부탁을 들어줄
도우미가 아닌

내가 채워 줘야 할 그 누군가를
내가 섬겨야 할
또 하나의 나를 찾는 것

서로 마주 보며
서로의 소중한 꿈을 이룰 수 있기를

오직 나만이 할 수 있는
그렇게 멋지고 아름다운
도우미가 되는 것

결혼은
남과 비교하거나
부족함을 끄집어내는 것이 아닌

오직 당신이기에 채워 주고
나의 부족함을 알게 해 줄
또 하나의 나를 찾는 것

서로 안아 주고
지나온 아픈 상처들을
싸매어 주기를

오직 당신만이 할 수 있는
그렇게 멋지고 아름다운
치료자가 되는 것

결혼은
사랑의 결실로 한 생명이 태어나고
이 아이가 어떻게 자라나
그저 지켜보는 것이 아닌

내게 주신 축복의 선물
나의 성품을 꼭 빼닮은
또 하나의 나를 발견하는 것

함께 격려해 주며
때론 엄한 꾸지람으로

함께 웃고 함께 울며
그렇게 정 많고 따뜻한 사람으로
자라날 수 있기를

오직 그대와 나만이 할 수 있는
멋지고 아름다운
동반자가 되는 것

그립고 아름다운

유명한 사람은
되기가 쉽지만

존경받는 사람은
되기가 어렵습니다

나는
할 수만 있으면

유명한 사람보다는
존경받는 사람이 되고 싶습니다

유명한 사람은
다른 사람의 기억 속에 남고

존경받는 사람은
다른 사람의 가슴속에 새겨집니다

다른 사람의 가슴속
깊은 곳에 따스한 사랑으로 남아

힘겨울 때마다
조금씩 꺼내어 볼 수 있는

그렇게 그립고 아름다운
미소로 새겨지고 싶습니다

마음 근육

사십은 불혹일까

아니
사십은 유혹이다

사십에야 비로소
나를 돌아보게 되었고

비로소 나에게
무언가를 투자하게 되었다

이제
오십은 족히 되어야
불혹이라 하겠다

마음은
몸의 다른 이름이고

몸은
마음의 다른 이름이다

마음이 맑으면
몸도 따라 건강하고

몸이 건강하면
마음이 풍요해진다

맑은 마음은
어디에서 비롯된 것일까

사랑은
사람의 마음을 맑게 해 준다

그곳엔
거짓이 자리 잡을 수 없기 때문이다

사랑을 받고 자란 사람은
사랑을 나누어 줄 힘이 있다

사랑을 하고 있는 사람은
세상이 아름답게 보인다

사랑의 근원은
가정이다

든든히 서 있는 가정은
어떠한 삶의 역경도
이겨낼 힘이 있다

자녀에게 베푸는
격려와 사랑은

자녀에게 행복을 주고
올바른 삶을 인도한다

실패란 단어는 없다

오직 도전과
경험만이 존재한다

더 나은 성공을 위한
준비 과정일 뿐이다

이렇게 켜켜이 쌓인
우리의 마음 근육은

어떠한 유혹에도
흔들리지 않게 하고

인내로 버텨온
온갖 시련들은

우리의 마음 근육을
단단하게 한다

써 내려가는
나만의 일기장에

세찬 비바람에도
흔들리지 않을 마음 근육을
키워갈 수 있기를

오늘밤에도
간절한 마음으로
소망해 본다

報恩 詩集

추억 · 향수

물꼬

수확을 재촉하는 가을 아침

단비 소리를 들으며

어머니의 깊은 이마 주름에도

우리네 마음속 생채기 고랑에도

기어이 흘러

스미어들 수 있도록

기도하는 마음으로

대지를 바라본다

시작을 알리는 개종開鐘 소리

끝나기도 무서웁게

행여 잊을세라

조금은 이른 물꼬를

내어 본다

우리네 인생 부제 : 청계산^{淸溪山}에 올라

맑은 물 끼고 도는 매봉에 올라
먼 하늘
천고마비^{天高馬肥}의 기상^{氣像}을
감상하노라면

이 산은 우리에게
화려한 지평선^{地平線}과
펼쳐진 세상을
선물로 준다

도시의 경적 소리는
저 멀리 떠나보내고
풀벌레 소리만 노래하는
깊은 산중에서

작은 음악당
피아노 선율에 맞춰
걷노라면

바람과 나뭇잎은 금세
연주가^{演奏家}가 되고

두 손을 펼친 단풍 잎새는
작은 생명을 주신 당신께
찬송讚頌을 한다

얽히고설킨
태고太古의 뿌리들을
밟고 또 오르며

얽히고설킨
인생의 질고疾苦도
이처럼
극복해갈 수 있으리라

오름이 있으면
반드시 내리막이 있고
내리막이 있으면
또다시 올라가야 하는 것을

맑고 청아한
이곳의 물길과 같이
때 묻은 이 마음도
깨끗이 정화淨化되기를

오늘도
소망所望의 땀방울을 닦으며
기도하는 마음으로
하산을 한다

내 고향 남촌

1

사루비아 꽃향기 흐르는 남촌
누런 황금 들녘 풍성한 알곡

개울천 건너는 누렁이 황소
하늘빛 닮은 냇물 물빛 닮은 하늘

미역 감는 아낙 깨복쟁이 아이들
향긋한 고향 내음 흐르는 남촌

2

대청마루 나무 향기 구멍 난 문풍지
아궁이 속 부지깽이 여닫이 낡은 찬장

아궁이 속 군고구마 새까매진 입술
꼬리치는 누렁이 그 이름 캐리 매리

왁자지껄 하굣길 딸각대는 책 보따리
거시기 워메 사투리 넘치는 남촌

3
머리맡에 새 운동화 찢어진 검정 고무신
행여 사라질까 자다 깨다 뜬눈 밤

청군 이겨라 운동회 박 터져라 오자미
기진맥진 달리기 다행이다 3등 도장

드러눕자 줄다리기 끌려간다 우리 반
막걸리 향기 가득 넘치는
내 고향 남촌

시월드

그이는

내 모든 것을 걸 만큼
친절하고 따뜻했다

그이를 사랑했고
그래서 시집이란 델
겁도 없이 왔다

온전히 내 편인 줄 알았다

이곳엔 그가 사랑했던
또 다른 여자가 있었다

그러곤
얼마 지나지 않아

그이를 다시 빼앗겼다

아~ 피는 물보다
진하다 했던가

그제야
그녀와 함께했던 날들이

나와 함께했던 날들보다
수십 배는 많다는 걸 알았다

그이는 날 위로하려 했지만
온전히 내 편이 되어 주진 못했다

채워지지 않던
마음속 빈자리는

이제
홈쇼핑 지름신으로
위로받고 있지만

오늘도 그녀 앞에서
기죽지 않으려
당당히 웃어 보이며

그이의 와이셔츠를

칼 세워 다리고 있다

어느새
입 틀어막아 됐던
압력솥

지도 답답했는지
출발 경적 소릴 울리면

오늘도
사랑하는 아이들과

그녀가 사랑하는
그일 위해

소망의 상차림을
하여야겠다

– 시집간 누이와 두 여동생들의 푸념을 회상하며

시집살이 부제 : 추석을 앞두고

1
난 전이 싫다

어릴 적엔
전이 좋았다

명절이 오기를
손꼽아 기다렸다

이젠 전이 싫다

명절이 다시는
안 돌아왔으면 좋겠다

다시 전이 좋아질
나만의 설레었던 그날은
다시 올 수 있을까?

머언 훗날
천국 잔치에 가면

사랑하는 누군가
오직 나를 위해 부쳐 준

설레는 그 전을
꼭
먹어 봐야겠다

2
난 나물이 싫다

어릴 적엔
구수한 나물무침이 좋았다

명절이 오기를
손꼽아 기다렸다

이젠 나물이 싫다

명절은 일 년에
딱 한 번만 했으면 좋겠다

다시 나물이 좋아질
나만의 설레었던 그날은
다시 올 수 있을까?

머언 훗날
천국 잔치에 가면

사랑하는 누군가
오직 나를 위해 무쳐 준

설레는 그 나물을
꼭
먹어 봐야겠다

– 추석을 앞둔 누이의 푸념을 회상하며

왜 아니겠어요 부제 : 연단錬鍛

수술은 무사했어요
하지만 절반이 사라졌어요

그동안 마음껏 즐기던 별식도
이제는 나에게 위협으로 다가와요

초라해진 내 모습
어둠속에서 펑펑 울었어요

가장 예민한 나 때문에
가족 모두 기도하게 하셨어요

가장 튼튼한 나를 통해
흩어져 있던 가족들을 다시 뭉치게 하셨어요

이제 일상으로 돌아와
주변을 다시 돌아봅니다

분주하고 힘겨웠던
지난 삶을 돌아보며

혹시 소중한 그 무엇을
놓치고 살진 않았는지

날 언제나 사랑한다던 당신은
어쩌면 오늘 잔인한 질문을 하셨어요

행복하신가요?

나에게 힘을 주시는 분 안에서
나는 모든 것을 할 수 있습니다

나의 짧은 머리로는
이 모든 상황을 다 이해할 순 없지만

왜 아니겠어요?

내게 능력 주시는 자 안에서
내가 모든 것을 할 수 있으니

그동안 미루어 두었던
당신과의 진한 사랑 나눔도

이웃에 대한 구제와 섬김도
이제는 용기 내어 실천하려 합니다

더 나은 모습으로 회복시키실
그날을 소망하며

행복하냐고
오늘 또다시 물으신다면

왜 아니겠어요?

네 행복합니다

– 수술을 마치고 회복 중인 누이를 생각하며

사랑하는 그이는

사랑하는 그이는

해바라기처럼 동그란 얼굴에
늘 미소만 짓고 있다

어느 날

십오 년을 나와 동고동락했던
그이는 어찌된 일인지
내가 반갑게 인살 해도

더 이상 미소를 짓지도
고갤 두리번거리지도 않았다

무슨 일이지?
혹시 어깨에 담이라도 든 것일까?

사랑하는 그이는

내가 지쳐 들어왔을 때
늘 고개를 흔들어 주며
온화한 미소로 반겨 주었다

흠뻑 땀에 절어
뛰어 들어왔을 때에도

반갑다고 고갤 들어
시원한 바람을 선물해 주었다

하지만
나도 모르는 사이

그이도 나처럼
나이를 먹어 버렸나 보다

숙인 고개를 좀처럼
들려고 하지 않는다

더 이상 고갤
두리번거리지도 않는다

하지만 난
절대 널 포기할 수 없다

나의 아픔과 상처를
나의 땀과 눈물을

오롯이 너만이
간직하고 있기 때문이리라

오늘도

사랑하는 우리 집 그이는
해바라기처럼 동그란 얼굴로

말없이 미소 지으며
나만을 쳐다보고 있다

– 내 방의 낡은 벽걸이 선풍기를 바라보며

나는 자연인이다 부제 : 당신과 함께라면

나는 자연인이다

속세를 등지고
홀로 선 이들

이제
산이 친구가 되고
바람이 위로를 준다

저마다 사연도
구구區區하다

시한부의 인생도

삼십 년 지기의 배신도

가족과 생이별의 아픔도

비탈진 터전을 일구고
이제
너무 행복한 듯 보이지만

세상에 이보다
불쌍한 이도 없다

저들의 아픔과 상처
가슴 깊이 딱지진 원한

잊으려
잊혀질까?

눈물을 삼키며
도망치듯
흘러 들어온 까닭이다

자연은
거짓말을 하지 않는다고

흙은
사람을 배신하지 않는다고

오늘도
거친 산을 헤집으며
돌밭을 개간하며

어느덧
한 해가 지나고

또 그렇게
한 해를 묵히면서

하나씩 하나씩
과거의 기억들을 지워간다

이렇게 속세를 등지고 살면
행복할까?

혹시
나의 욕심에서 비롯된 것은
아니었을까?

내가 짊어져야 할
나의 십자가는

더 가지는 것이 아닌
더 버려야만 했던 것은 아닐까?

홀로인 사람은
생명이 없다

둘이 하나일 때
그곳엔 생명이 깃든다

이것이
만물의 질서이고
창조의 섭리이다

내가 아닌
우리가 이룩한

이토록 아름다운
열매들은

서로를 바라보고
서로를 붙잡고
서 있기 때문이다

지난한
오늘을 살면서

당신을 일으켜 세워 주며
온 힘을 다하여

그것이 비록
나에게 생채기를 내는

다듬지 않은
남루한 십자가일지라도

오직
당신과 함께라면

당당히 걸어갈 수
있을 게다

오늘 또다시 부제 : 여명黎明

어둠이 열리고
땅이 태양을 토해낼 때

나는 저 넓은 대지大地를 바라보며
기도를 한다

이 세상 온갖 욕심은
저 불꽃 속으로 내 던져 버리고

오직 용서와 화해만이
다시 태어나기를

비상飛上하는 독수리의
날개짓같이

붉게 솟아오르는 광명에
감격하노라면

이 산과 저 산이 맞닿은
북녘의 내 형제들에게도

이 새벽의 여명黎明을
이 새벽의 공기를
기필코 나누어 주리라

마부위침磨斧爲針의 인내와
간절한 마음으로

서로의 손을 마주 잡고
부둥켜안으면

찬란한 내일의 태양은
또다시 솟아오르고

마침내
소중한 생명生命의 강줄기

아름답고 찬란한
이 민족의 역사를

오늘 또다시
써 내려갈 수 있으리라

달을 품다 부제 : 월류봉月留峰을 바라보며

달이 머물다 가는
월류봉月留峰

봉우리 능선은
여인의 단아端雅한 자태姿態

힐끗
눈길이 머무는 이유는

태고太古의 비밀을
간직하고 있기 때문이리라

옛 산천山川은 아직
그대로인데

어제 다녀간 사람은
또 누구일까

사람은 자신이
주인공이라 말하지만

기실其實 주인공은
저 산천일 것을

산천은 분명
나와 눈이 마주쳤다

누군가는 이곳에서
풍류風流를 즐기고

누군가는 이곳에서
시詩를 쓴다

겸허謙虛한 자에게 베푸는
신神의 선물

오늘도 산천을 향해
작은 소원을 이야기하며

마음속 깊은 곳에
달을 품는다

報恩 詩集

신
앙

그림자

님을 그리워하는 나는
님의 그림자입니다

님을 닮고 싶어
점점 가까이 가던 나는

어느새

님의 발뒤꿈치에 딱 달라붙은
님의 그림자가 되었습니다

님의 반짝이는 눈빛
님의 따뜻한 언어
님의 향기로운 미소는

이제

나의 눈빛
나의 언어
나의 미소로 승화되었습니다

남들은 하나같이
님을 뛰어넘는

일인자의 삶을
반드시 살아야 한다고
충고하지만

난 오직

당신의 이인자인
님의 그림자로 남고 싶습니다

무릎 꿇어 기도하는
님의 모습 속에서
겸손을 배우고

실천하는
님의 행동을 통해
섬김을 배웁니다

이처럼 아름다운
님의 형상이
나의 형상으로 투영되기를

오늘도
님을 그리워하는 나는
님을 꼭 빼어닮은

당신의 그림자이고 싶습니다

눈

눈은
마음으로 들어오는
통로입니다

마음은
생각을 지배하고

생각은
육체를 지배합니다

눈을 통해 들어온 것은
무언가를 생각나게 하고

그 생각은 우리를
행동으로 이끕니다

무엇을 보고
무엇을 생각하느냐는

우리의 미래를
결정합니다

아름답고 좋은 것을
보는 사람은

생각과 마음이
밝게 빛나고

추하고 음란한 것을
보는 사람은

생각과 마음이
점점 어두워집니다

밝은 마음을 가진 사람은
사람을 끌어들이는
능력이 있고

어두운 마음을 가진 사람은
사람을 의심하여
밀어내고 맙니다

우리의 눈은
우리의 삶을 지배합니다

소중한 눈 관리를 통해
마음을 다스리고

풍요롭고 행복한 삶이 되도록
기도해야 합니다

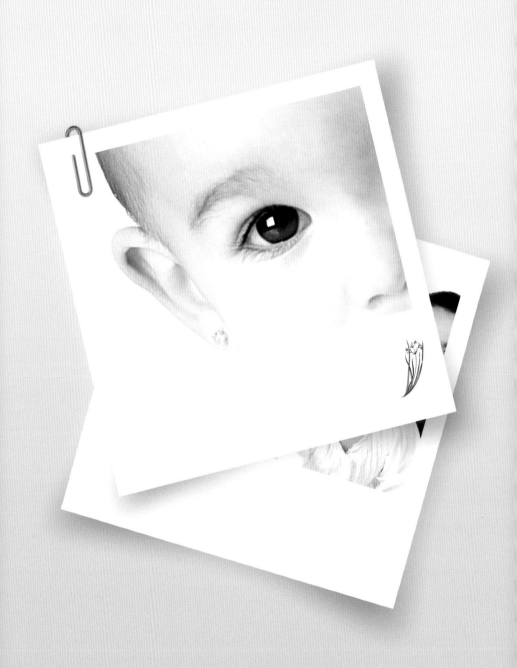

마지막 유언

한 세대를 부비어 살면서
그 세대를 본받지 않고 살아갈 수 있다면
그 사람은 참으로 행복한 사람일 게다

나의 몸은 오늘도 지푸라기 세대에
기대어 창밖을 바라보고 있지만

내 마음은 오직
그분을 향한 사랑으로 가득 넘치니

살아 숨 쉬는 작은 호흡도
은혜로 주어진 선물인 것을

오직 하나라도 더 갖기 위해 살아가는
어두운 세대 속에서

빛이 돼라 소금이 돼라
향기 되어라

이토록 어려운 명령을
마지막 유언으로 남기시어 놓고

이 마음 작은 찻잔 속에서
또다시 용솟음치는 그 뜨거운 열정

영원히 마르지 않을
생명의 샘물

기도가 쌓이고 눈물이 쌓이고
그토록 간절했던 어머니의 기도

하루를 살아가는 삶의 무게도
이처럼 가벼울 수 있는 비결은

나와 함께 동행하고 계시는
당신의 한없는 사랑

그 큰 사랑을 먼저 깨달아
지금 이 세대를 살아가는

너와 나는 참으로
행복한 사람일 게다

신·망·애 信·望·爱

1
가을에는
기도하게 하소서

엎드려진 낙타 무릎
당신의 핏자국 난 두 손을 바라보며

거친 광야길 나 홀로
어둠 속을 헤매일 때

오직 자비하신 그 손길로 인하여
믿음으로 나아가게 하소서

2
가을에는
바라보게 하소서

권능의 팔
당신의 강한 어깨 위에 매달리어

사납게 일렁이는 파도를 넘을 때
오직 소망의 푯대를 바라보며

승리의 노래 부를 수 있기를
꿈꾸게 하소서

3
가을에는
나눌 수 있게 하소서

식은 가슴
당신의 따스한 품에 안기어

푸른 풀밭 쉴 만한 물가로 다닐 때
베푸신 사랑으로 인해 감사하며

받은 은혜와 축복을
내 이웃에게 나눌 수 있게 하소서

지상명령

어쩌면

소외받는 이웃
고통받는 형제
신음하는 북녘 동포

그곳이 땅끝입니다

당신이 가라 하신
복음이 머물러야 할
바로 그곳이 땅끝입니다

한동안

가지 못했던 예배당
화면으로 바라보았던
축복의 통로

그곳은 눈물이었습니다

오직 영과 진리로
드려야 할 소중한 예배
그것은 선물이었습니다

여전히

나누어진 한반도
통일은 아직 오지 않는 걸까

희생과 헌신
사랑과 섬김이 없는
이 상태로의 통일은
그저 저주일 뿐입니다

오직 말씀으로 무장하고
기도로 헌신할 때

통일은 이미
이루어져 있습니다

그래도 되는지

드린 것 하나 없는데
가져도 되는지 모르겠습니다

드릴 것도 많지 않은데
누려도 되는지 모르겠습니다

큰 사랑을 받으며 살아왔는데
원래 내 것인 양 낭비하며 살았습니다

이제야 돌이켜보지만
어쩌면 이 목숨도 내 것이 아니었는지 모르겠습니다

누군가 한 사람 너무도 날 사랑하셨던 그분이
이 모든 것을 누리게 해 주셨는지 모르겠습니다

그렇게 사는 것이 옳은 거라 생각했습니다

가난한 이웃, 아프고 상처받은 이들을 외면하며
어느 정도 거리를 두고 사는 것이 옳다고 생각했습니다

어쩌면 내가 누리는 이 행복이 깨어질까
당신에게 되돌려주는 것을 주저했는지 모릅니다

당신은 너무도 날 사랑하여
소중한 목숨을 나에게 웃으며 주셨는지 모릅니다

지금 누리는 이 선물보다 더 크고 위대한
영원한 파라다이스*paradise*를 선물로 주시기 위해

지금도 일하시고
또다시 사랑하고 계시는지 모릅니다

이른 새벽 아침 상쾌한 당신의 향기를 맡으며
오늘 하루를 누려도 되는지 모르겠습니다

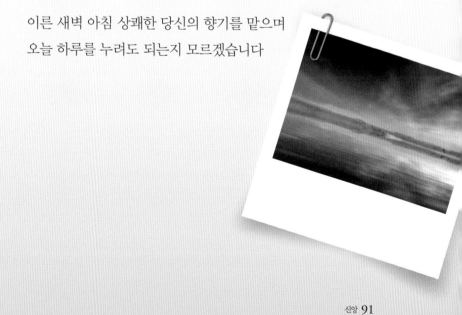

가장 큰 교회 부제 : 하루의 뒤안길에서

주님이 찾으시는
가장 큰 교회는

필시
멋지고 커다란
건물은 아닐 게다

낮고
보이지 않는 곳에서
형제를 살피고

상처받은 영혼의
회복을 위해
기도하며

주님과의 사귐을
사모하며 기다리는
그 사람이

주님이 찾으시는
가장 큰 교회일 게다

뜨겁고 가슴 저린
울림의 찬양이

언제부터인가
점점 사라져갔던
이유는

인식하지 못하고 있는
죄의 습관 때문일 게다

잘못된 습관은
하나님과의 거리를
멀어지게 한다

이 백성은
내가 나를 위하여 지었나니

나의 찬송을 부르게
하려 함이라

오직 주님이 찾으시는
단 한 사람
그 예배자

그 사람이 바로

주님이 찾으시는
가장 큰 교회일 게다

아름다운 교회

건강한 교회는
달리는 마차입니다

마부 되신 주님과 함께
말씀과 기도를
수레에 가득 싣고

한쪽 바퀴엔 예배를
한쪽 바퀴엔 섬김을

나란히 회전하는 두 바퀴는
우리를 소망의 천국으로
인도할 것입니다

연약한 교회는
회전하는 마차입니다

예배는 있으나
섬김이 없고

섬김은 있으나
예배가 없기에

채찍질을 하여도
제자리만 맴돌 뿐입니다

한쪽 바퀴의 힘만으로는
달릴 수 없는
회전하는 마차입니다

온전한 예배로
온전한 섬김으로

균형 잡힌 교회야말로
주님이 바라시는
아름다운 교회입니다

말씀과 기도를 사모하는
건강한 교회입니다

오늘도
소망의 푯대를 향하여
힘차게 달려 나가는

아름답고 건강한 교회 되기를
기도합니다

사람들은 저마다 부제 : 노후 대비老後 對備

사람들은 저마다

이 모양 저 모양으로
노후 대비를 한다

생명보험도 들고
개인연금도 들고

아끼고 줄여가며
정기예금도 붓는다

모두가
꿈꾸고 바라는

구십구 세까지
팔팔하게 살아 보려고

가쁜 숨을 참아가며
오늘도 러닝머신 위를
내달린다

정말 현명한 사람들이
아닐 수 없다

그러나

나는 이제부터
노후 대비를 하지 않겠다

내 것도 아닌
이 작은 생명은
온전히 신께 맡기고

일용할 양식은
당신이 베푸시는 대로
살아가겠다

아끼고 줄여가며 모아질
소중한 물질은

가난하고 소외받는
이웃을 위해 써야겠다

사람들은 별 관심 없는
소망의 나라
그 영광의 면류관을 얻기 위해

가쁜 숨을 참아가며
오늘도 복음의 일선으로
달려가겠다

정말 현명한 사람들이었을까?

이제 나는
노후 대비는 그만 잊고

당신이 바라시는
순종의 제사를 통해

찬란히 꿈꾸게 하실
사후 대비^{死後 對備}를

기쁘고 감사한 마음으로
준비하겠다

감추인 보화 부제 : 복권을 긁으며

주말이 되면
사람들은 어김없이
복권을 산다

두 눈을 감고
기도하는 마음으로
수數를 찍는다

이때만큼은
그 어떤 무신론자도
투철한 신앙인이 된다

상상의 나래 속으로
당첨이 된 그 순간을 떠올리며

이제 무엇을 하지?
어떻게 써야 할까?

그토록 원하던 직장 탈출에
드디어 성공하는 건가?

나에겐 이미 당첨된
복권이 있다

주말이 되면
나는 어김없이
당첨된 복권을 챙긴다

두 눈을 감고
나에게 행운을 주신
신께 감사하며
뜨거운 눈물을 흘린다
이미 받은 복과
앞으로 누리게 될
더 큰 복을 기대하며

무엇을 드릴까?
이 은혜를 어떻게 보답하지?

그토록 원하던 섬김의 삶을
이제는 내 이웃에게
나눌 수 있지 않을까?

사람들은

머리맡에 차려진 진수성찬珍羞盛饌을
알아보지 못하고

오늘도
땅에 떨어진 낱알들을 모아
정성스럽게 도정搗精하고 있다

당신의 사랑은 조건이 없고
밭에 감추인 보화는
우리게 주시는 축복인 것을

그래서 나에겐
써도써도 닳지 않는
세상에서 가장 금액이 큰
복권이 있다

감사하는 자에게 주시는
신령한 축복
마르지 않는 샘물

오늘도 난

이 당첨된 복권을 들고

또다시

간절한 소망의 기도를 올린다

주님 나에게

주님 나에게
고난을 주소서

세찬 파도를 만날 때
원망하기보다

고난의 길에서
인내를 배우고

기도를 통하여
새 힘을 공급받아

나를 단련하시고자 하는
당신의 깊은 뜻을
깨달아 알게 하소서

주님 나에게
아픔을 주소서

가난한 이웃
상처받은 영혼을 만날 때

저들의 눈물이
내 눈물이 되고

저들의 행복이
내 기쁨이 되어

나를 통해 이루어가실
당신의 고귀한 사랑이
나타날 수 있게 하소서

주님 나에게
용기를 주소서

미혹의 영들이 날 찾아와
넘어뜨리려 할 때

당신의 강한 팔로 붙드사
풍랑 속에서도 평안을

오직 믿음으로
싸워 승리함으로

당신의 크신 능력을
나타내 보이게 하소서

주님 나로
순종하게 하소서

교만한 마음의
한 달란트가 아닌

선하게 쓰이는
한 달란트 되어

먼 훗날 당신 앞에
홀로 서 있게 될 때에

잘하였다 착하고 충성된 종이라는
이 감격의 한마디에

뜨거운 눈물을
흘릴 수 있게 하소서

바람이 불어오는 곳
그곳으로 가네

발행일 2020년 8월 15일 초판 1쇄

지은이 남진
발행인 고영래
발행처 (주)미래사

주소 서울시 마포구 신수로 60, 2층
전화 (02)773-5680
팩스 (02)773-5685
이메일 miraebooks@daum.net
등록 1995년 6월 17일(제2016-000084호)

ISBN 978-89-7087-131-8 (03810)
© 남진, 2020